숨 멎어 전쟁이다

시와소금 시인선 · 138

숨 멎어 전쟁이다

김보현 시집

시와소금

▌김보현

- 지평고등학교 3학년
- 2017년 양평군 미지산 문예대회 최우수상
- 2017년 제8회 경기도 장애인 문예 공모전 특별상
- 2018년 양평군 미지산 문예대회 우수상
- 2019년 제40회 경기종합예술제(한국문인협회) 장려상
- 2020년 한국자유총연맹 청소년예술제 장려상
- 2020년 교내 나행시발표대회 장려상
- 2020년 제25회 둔촌청소년문학상 공모(한국문인협회) 차하
- 2021년 제42회 경기종합예술제 공모(한국문인협회) 차하
- 2021년 양평문인협회 '너를 만나고 시를 만나면'에 〈새싹시인〉으로 등재

- 전자주소 : twinssol@naver.com

장애인에게 용기를 주는
시인이 되고 싶어요

내 꿈은 시인이다.

어릴 적부터 몸이 아픈 나는 매일 병원 치료를 다니면서 공부도 늦어지고 친구를 못 사귀었다. 그래서 어느 날부터 힘든 마음을 일기로 쓰기 시작했다. 일기가 모이면 선생님이 작은 시집으로 묶어 주셨고 문예 대회에 보내서 상도 여러 번 받게 되었다.

그렇게 엄마와 선생님께서 문예 창작으로 이끌다 보니 글쓰기에 자신감이 생기게 된 것 같다. 힘든 마음을 그대로 표현한 것뿐이었는데 어른들께서는 많은 칭찬을 해주셨다.

하지만 병원에 다녀야 하기 때문에 책을 읽을 시간도 부족하고 눈이 많이 나빠서 책을 잘 볼 수가 없다. 그래서 모르는 어휘도 많고 어려운 단어도 많다.

시인이 되기 위해서는 책을 많이 읽고 다양한 경험을 해야 한다고 한다. 그래서 아빠가 e-book을 구입해 주셔서 듣는 e-book을 이용해서 책을 읽고 있다. 앞으로 책을 더 많이 읽을 수 있도록 노력해야겠다.

장애를 가지고 있지만 멋진 시인으로 성장하고 싶다. 이 직업은 마음을 차분하게 하는 직업이라고 생각한다.
중1 때 담임 선생님이 국어 시간 때마다 나를 살뜰하게 챙겨 주시고 글 쓰는 것도 도와주셨다. 그때부터 국어 선생님을 존경했다. 내가 시인이 되길 응원해주시고 도와주셨다. 그래서 여기까지 온 것이다. 그 후로 나는 이미 시인이 된 듯한 기분이 들었다. 더 책을 많이 읽고 글을 많이 쓰도록 노력해야겠다.

나의 롤모델은 헬렌켈러다. 헬렌은 장애인인데도 불구하고 시각장애를 위한 제도 마련을 위해 정치인들을 설득하는 등 자신을 장애인들을 위해 바쳤다. 여성인권운동과 사회주의자 등 세계적인 유명인사로 활약하면서 대통령 자유 메달과 수많은 명예 학위를 받았다.
나는 헬렌이 장애인을 위해 많은 노력을 했다는 것에 대해 훌륭하다고 생각한다. 그래서 나도 장애를 가지고 있지만 더 씩씩하게 장애를 딛고서 다른 장애들을 돕고 싶다.
헬렌이 장애인을 위해 노력했음에 큰 감동을 받았고, 나도 훌륭한 시인이 되어서 헬렌처럼 장애인들을 위해 노력하는 멋진 사람이 되고 싶다.

제2부 소나기

제3부 삶의 거스러미

제4부 별이 되고 싶다

제 **1** 부

그리운 북적북적

내가 나를 말한다

부랴부랴 손가락이 마당을 쓸겠다는 듯
꿈틀거린다

잠결에 흐느적거리던
소나무의 가량이 사이에 몸이 히끗 보인다

뒤돌아선 듯 발소리가 요란하게 울려대고
칠흑 같은 풍경 속 어둠이 속삭인다

4시의 알람이 울리고 바람이 서울을 드나든다

굳은 손가락이 먹먹해져 동상같이 차가운데
우두커니 바라보는 세상은 야박하게 흘러간다

바짝 내 옆에 붙은 내게 말을 거는 손가락

성장의 대화

나 더는 불평하지도 불만하지도 않을래
내 금쪽같은 시간이 정말 아깝잖니
그냥 나약함을 즐길래
할 수 있는 한에서 날 바라봐야 더 새로울 것 같아
계속 날 부정적으로 보고하면 나 자신이 힘들어지
니깐
나를 더 이해하는 것이 가장 중요한 거야
주변 사람들이 나 땜에 혹은 너 땜에 힘들고 지칠
수 있잖아
끝까지 최선을 다해 봐, 내게도 희망이 있을 거야
다 감사해야지
여지껏 날 잘 키워주신 것도 다 감사하지
더 열심히 살아서 지금껏 키워주신 은혜 꼭 보답
할래
그날까지 열심히 살아주기를…

엄마는 딸기로 말하네

혼자 남겨진 운명처럼 비닐우산을 쓴 사람처럼
무뚝뚝한 기둥의 어깨에 기댄다

나는 뭘 머뭇거렸을까 멈춰버린 시간을
비 갠 밤 옥상에 올라가 거꾸로 된 모자의 옥상을
본다
귀에 걸린 슬픔의 머리가 빙돈다

소리를 질러보고 싶은데 하늘이 목을 누른다
하지만 엄마가 큰 보름달처럼 엄마의 큰 눈동자
처럼
내 마음을 별처럼 빛내준다

옥상에 혼자 남겨진 딸기를 집어 먹는다
나도 엄마처럼 상큼했으면, 벌떡 일어난 현실과 마
주한다

한여름의 감자 씨

원수 같은 시험 끝나고 수박 같은 여름방학을
했다
엄마와 투닥거리다 김치찌개를 후루룩,
시험은 끝났지만 엄마 잔소리에 늘어져 버렸다
바람 빠진 풍선되어 자전거를 타고 파마하러 속력
을 냈다
심심한 끝에 파마가 파도가 되어있었다

여름밤 노닥거리는 별을 따먹으며 꾸지람도 별처
럼 구름처럼
하늘로 날아가 버리기엔 가당치도 않았다
거울 앞에 서서 나는 양치질로 하얀 거품만 만들어
댔다
유리컵 위 감자 씨도 나를 햄스터라 꾸짖는다

나는 조그만 햄스터가 되어서는
엄마한테 대꾸하고 아빠한테 대꾸하고

이런 내가 짜증나서 한여름 감자가 되어버렸다
매미가 울어대는데 수박 하나 입에 물고
땅속을 지나고 지나서 한알 감자로 도봉동으로 굴
러갔다

꼭 나의 지금을 그려주듯이

뺏둘뺏둘 뻣뚤뻣뚤 추궁하는 벽난로 여름
집의 서재가 지우개 되어 책을 다 지워 버린다
더위가 무능력하게 벗겨진다
햇살에 빛난 길이 저녁을 목욕시킨다

누구의 계단일까 질척한 신발이 한층 한층 계단을
오른다
지하철을 타듯이 철길을 걷듯이
못생긴 신발 한 켤레가 뚜벅뚜벅 앞길을 향한다

먼지가 마구 요동치다가 자전거를 훔쳐 타다가
가계에 들려 하얀 아이스크림을 쫓는다
신발은 계단의 추궁으로 하늘에 먹물로 소설을
쓴다

무더위가 기승을 부리는 여름
내 바람에 젖은 수건을 말리려는 듯 난로가 불

탄다
  여름은 끝도 없나 싶다
  땀 벼슬이 무궁무진하게 펼쳐진다

여름이 툴툴거린다

나는 누구일까 가당치 않은 물음에 헛웃음이 웃는다
나를 불러보고 불러보다 침묵에 잠긴다
세상이 장미꽃 따가운 가시마냥 따갑다
트렁크에 갇힌 듯
가슴이 답답해지고 내가 계속 나를 뒷담화 해댄다

여름에 갇힌 세상이 정글 같다
내 몸인데도 내 알몸을 감출 수가 없다
마음엔 날마다 칠흑 같은 어둠이 찾아온다
나를 빗자루로 채찍질해대는 것을
다른 사람들이 눈치챌수록 가시덩굴에 박힌 듯하다

18년의 정글은 이렇게 계속되는 것일까
계속 나를 가시로 찔러대다가 시를 쓴다
아픔과 고뇌 속에서 삶의 끈을 부여잡고
내게 손바닥만 한 손수건을 건넨다

세상이 운명이라는 듯이 운명처럼 체념처럼
옷자락이 한여름 무더위와 함께 툴툴거린다
내가 나를 감당하지 못하는 것처럼

내 맘 사령이 되어

어쩌다 이런 시련을 만났는지
어쩌다 이리도 연약한지 질긴 생각에 잠긴다
피아노 음악을 들으며 생각을 정리하다 또 잠긴다
왜 이런 고독한 풍파 속에 허우적거려야 할까

다른 애들처럼 평범한 인간으로 살고 싶은데
나는 그것이 안 되고 부족할 뿐일까
바람에 휘둘리는 노란 민들레를 쳐다본다
가로수 밑에서 고독한 슬픔을 만난다
무심한 코로나도 줄다리기하는데
내 마음도 그만큼의 깊을 파고 든다

도로를 걷는데 뒤에서 버스가 까르르 비웃고 지나간다
그것이 부러워 가로등 앞에서 셀카를 찍었다
그러나 나는 평범하지 않았다
가당치나 할까 나도 다른 애들처럼 버스도 전철도
타보고 싶은데

병원 생활에 들러붙은 사령이 된 듯
풀벌레가 되어 홀로 울고 있다

숨 멎어 전쟁이다

가슴 한복판이 저려와
심장이 멎어올 때
가슴 깊이 채찍질한다

마음 한복판이 뒤틀려와
고통의 나날이 숨차게 달려올 때
암흑의 일상이 고개를 빳빳이 세운다

지금 아닌 가끔
내 삶이 지쳐 허우적거릴 때
어둠이 사방에 서 있는 듯
무기력한 기세가 맴돈다

삭막하고 처절한 오늘
고뇌한 이름이 뜀박질할 때
모든 것이 뒤죽박죽이다

가슴 한복판이 저려와
불타오르는 심장을 콕콕 찌를 때
숨 멎어 전쟁이다

파리채 위의 파리처럼

그래 살아봐야지
나랑 내 친구는 공부하는 애들 위로
윙윙 날아다녔지
너도나도 한 마리 파리가 되어
그가 파리채로 때려도 날아가는 파리가 되어

그래 살아봐야지
파리채를 쌩쌩 피해서
비행기처럼 빠른 파리들이 되어

하늘나라의 제트기처럼
가볍게 파리채 위에 올라서야지
곧 움직일 준비가 되어있는 그가
손놀림을 빨리 피해야지

옳지 전투 시작이다
파리채가 총으로 변해서

곧 파방 총으로 변해서
우리도 총알이 될 것 같다
우리도 비행기처럼 빠르게
튀어 올라야지
영혼이 멈추지 않을 제트기처럼
먼 하늘로 도망쳐야지

꿈꾸는 봄

도전하고 싶은 3월이 왔다
꼬물꼬물한 봄기운이 내 마음을 간지럽힌다

엄마가 기차여행을 가자고 했다
허세 끝에 오랜 시간을 보내고 연거푸 기차를 타러
떠났다

느릿느릿 가는 내 걸음에 연우와 엄마가 시동을 걸
어준다
기차 안에서 소곤소곤 사진도 찍고 수다도 떨어
본다

하이얀 거품이 창가로 들어와 내 마음을 시원하게
해준다
아이들이 된 듯 수다 떠는 사이 기차가 정동진역에
도착했다

환상처럼 바다가 펼쳐졌다
삼삼오오 사람들이 행복을 나누고 있었다

나도 얼른 행복해지고 싶었다

그리운 북적북적

모호한 반찬통이 식탁에 줄지어 있다
엉킨 뚜껑들이 딱딱하다
북어국 구리구리한 냄새들이 진동을 한다

가족과 추억이랄까 여러 개의 접시마다
객식구가 담겨있다
객식구가 요란하게 꺽꺽 트림을 한다
가족들을 기다리던 식탁과 탁자들은
객식구의 그리움을 벗는다

접시에 놓인 반찬통이 줄지어 나를 애타게 불러댄다
나날이 바쁜 우리는 수다스런 수다가 적어지고
엄마의그리운 반찬들의 냄새만 북적북적하다

우리 가족은 바빠서인지 북적북적한 반찬들이
반갑지가 않나 보다

나의 하루

울적한 마당에 라일락 꽃잎이 울어대고 있다

빗소리도 덩달아 울고 눈물에 젖은 소나무의 발톱
이 앙상하다
삐죽삐죽한 소나무 가지도 바람에 흐느껴 우는지
빗줄기를 빗자루 삼아 허공을 쓸어대고 있다

다리가 가려워 긁다 보면 라일락꽃이 입맞춤해주고
저녁은 기차를 탄 듯 이어폰을 끼고 만상을 즐긴다

나는 아직도 어린아이처럼 가출하고 싶고
막상 집을 나오면 집 없는 어른마냥 동네를 맴돈다

처량한 새벽 단풍이 엉덩이를 들썩이고 들썩이는
바람에 화살촉이 소나무에서 낄낄댄다
바스락거리던 발톱이 입술을 깨문다
오늘은 잘 살았는지 묻는다

수두룩한 유리컵

삶들이 와장창 무너져버리고 유리컵처럼
고된 인생이 나에게는 희망이 없다고 한다
나는 너무 많이 지쳐 버린 것 같다

우울한 마음이 나 몰래 밖으로 뛰쳐 나와 통곡을
해대고
수영장처럼 넓은 빈방에서 홀로 눈물을 삼킨다
공부에 전념하려는데
여름이 왔는지 햇볕이 온몸을 따갑게 한다

나는 왜 태어났는지 모르겠고 도대체 왜 존재하는
지 모르겠다
하고 싶은 것도 가고 싶은 것도 많은데
수두룩한 울분만 터져 나온다

깨지더라도 말갛게 서 있는 유리컵처럼 서 있어야
할까

역경의 삶

코로나가 말썽인 요즘
서먹서먹한 안개가 내 맘을 찌르고
시험 기간은 성큼성큼 다가오고
꽃처럼 아름답고 싶은데 피지 않은 꽃 몽우리가 되어
무서운 가방을 짊어지는데 눈물이 쏟아진다
겨울바람이 나를 무진장 때려대고 나서
눈이 심심한지 내 등을 툭툭 건드리며 나랑 놀자한다
나는 눈과 아빠와 엄마만 보면 항상 기죽고 만다
엄마는 아빠는 고생하며 일에 몰두하는데
나는 왜 그리도 아픔을 가지고 눈물겹도록 아팠을까
수많은 역경의 삶이다

꿈인지 생시인지

비틀어진 시간 잡으려니 장맛비가 줄다리기로 비
틀비틀 움직였을까
내 발이 반달이 된 듯 하얗게 빛나고 있었다
장마철이 되자 생일인 마냥 좋아라 하며 밖을 나
섰다
정신이 서성이다가 저녁을 맞이한 것 같았다

갑자기 할머니를 뵙고 싶어 전화를 한 통 때렸다
할머니의 늘어진 목소리가 참 좋았다
서울에 간 듯 할머니와 대화하는데 웃음이 절로 나
왔다

사촌들이 시끌벅적하고 귀여운 동생들이 몰려왔다
말춤을 췄다가 마냥 수다를 떨다가
플라스틱 물통을 꺼내 시원한 커피를 들이켰다

악몽에 눈이 먼 나는 악몽을 꾸다가 웃다가 울다가

그 행복했던 시절이 사라져버렸다
벌떡 일어나 보니 꿈인지 생시인지 보름달이 떠 있
었다

크리스마스의 전야곡

2020년이 무심하게 저물고 코로나는 기류 없이 달려오는데
올해 겨울은 사랑의 발자국처럼 헛소문으로 다가온다

내게 벼락이 그친 듯하고 그래서인지 치킨이 당겨서
치킨을 굶주린 아이마냥 먹는데

내 사랑의 살은 점점 쪄가고
겨울도 내 살처럼 치킨에 메이는 것 같다

시험 이틀 남겨두고 시험공부에 몰입하려는데
어디선가 조용한 발자국이 날 사로잡는다

크리스마스가 다가오는 소리……
친척들과 친구들에게 선물을 주려고 폭풍 편지를 썼다

코로나가 어린 아이마냥 떼를 써선지
당당하게 살려고 다짐을 해도 그것이 거짓말이 되
고 만다

코로나 난리 통에 크리스마스는 불길한 코로나
3단계 예감이 나를 불안하게 한다

뛰어다니는 꿈

내 신발에는 마음껏 달리는 꿈이 숨어 있다
뛰고 싶을 때 마음대로
뛰어가는 친구들처럼
꼼지락꼼지락 움직이고 있는
내 발가락이 숨을 죽이고 누워있다
신을 신으면 내 발이 뛰어다니는 친구가 되듯
신발 속에는 친구들과 놀고 싶은 내 마음이 숨어
있다
얘들아, 잠깐만 기다려. 나도 놀고 싶어
운동장을 달리며 너희랑 놀 수 있는 신이 있어
니희들이 모르는 내 꿈이 신발 속에서 꿈틀거리고
있다
나도 너희랑 뛰어다닐 수만 있다면 얼마나 좋을
까?

제 **2** 부

소나기

소나기

먹구름이 천지이다, 나는 도대체 왜 존재하는지
내 방에서 꼴딱 새며 몇천 번 몇백 번 생각해 본다
나에겐 긴 코로나의 낮잠만 평온한 것 같은데
완전히 내 상상일 뿐이다
내게도 언니가 있었음 생각한다
내가 왜 언니일까
엄마의 잔소리는 내 어깨에 얹히고
엄마 아빠가 잔소리를 해 댈 때마다
눈먼 빨랫줄에 끝없는 잔소리를 널다가 물에 젖는다
먹구름이 소나기로 쏟아진다
구깃구깃 구겨진 내 인생의 옷자락을 말리듯
축축한 일기장을 다린다

하염없이

차가운 바람 끝에 내가 있다
흙 된 그림자같이 홀몸이 되어 쓸쓸히
밥을 건성으로 먹고 집을 나와
홀로 골목길을 하염없이 걷는다
한 방울 두 방울 세방울 눈물이 떨어진다
나는 하염없이 눈사람이 된 듯 얼음이 되었다
남자애들이 고함을 질러대고 깡패처럼 소리를 지
르고
욕을 어거지로 하고 그런 애들이 너무 한심하다
쉬는 시간이면 학교를 탈출 하고 싶곤하다
나도 날라리가 된 듯 반항을 하는 듯 엉엉 울다가
눈사람같이 눈이 퉁퉁 붓고 하늘 위에서 마구 녹
아간다

무제

　가을 역경의 안개 속으로 하염없이
　낙엽이 허공에 빗대어 노래하고
　피아노 소리가 드리우는 요즘 나는 날라리가 되어
탈색하고
　가을이 심심한지 사과를 아삭아삭 씹고 고독의 문
자가 드리운다
　내일이 아닌 오늘 학교에 메어 놀던 내 교과서들
　내 친구 같아서 웃고 쳐다보아도 마음은 시원치
않고
　가을바람이 사과 하나 베어 물고 허공의 악취를
풍긴다
　구겨진 일상이 미로의 가을이 되어 속삭이고
　가로등이 무성한 초저녁에 한 가족처럼 둘러 모여
　단조로운 저녁을 가지고 호올로 긴 밤을 지샌다

씁쓸한 내 인생

조각난 가슴이 또 시려온다

악몽처럼
달려오는 미로처럼
쌓이는 삶이 절절하다

웃고 싶은 요즘

해맑게 웃고 싶은 그대여
세상모르고 웃고 사는 이여 하이얀 웃음이
넘쳐나는 그대여 나도, 그렇게 웃고 싶다

항상 웃음이 넘쳐나진 않겠지만
불행한 일이 고독해서 휩쓸려도
삶을 짓누르는 일이 있어도 그대여 아무 걱정마오

참기 어려운 역경이 날마다 다가와
세상을 때리고 때려 앞날이 산산조각나도
그대여 힘을 내요

해맑게 웃고 싶은 요즈음
시련이 밀려와서 울고 싶지 않은데 삶이 절절하다

수다 떠는 여행

마른 새벽잠 설치고 일어나
뒤숭숭한 내 얼굴 곱게 단장하고
거울 공주가 된 듯 반짝이는 거울과 수다 떤다

허둥지둥 김포 공항으로 달려가
비행기를 기다리는데 멀리서 다가오는 설렘이
나를 부둥켜안고 눈물겹도록 사랑의 고백을 한다

드디어 드디어 출발
목청 터지게 소리를 지르고
바람과 훨훨 날아 하얀 구름 위로 비행기가 춤춘다

뜨거운 불볕더위가 왔는지
제주도에 왔을 뿐인데 따가운 땡볕이 우릴 반겨준다
따가운 햇볕 아래 기찻길을 뚜벅뚜벅 걷는데 하염
없이

또다시 엉금엉금 걸어가다가
하얀 분수대 앞에서 찰칵 사진도 찍고
엄마와 아빠가 투닥투닥 말장난 맞장구쳐준다

첫눈 스캔들

양평에 첫눈이 내리자 내 마음에도 첫눈이 왔다
엄마와 둘이 눈길을 걷는데
왜 그리도 눈물이 흐르는지 알 수 없었다

내 함박눈이 친구를 사랑하는지
외출해도 친구 생각, 집에 와도 친구 생각
오늘은 새로 사귄 친구와 점심 약속이 있었다

그 전에 지루해서 핸폰을 보다가 엄마께 꾸중을 들
었다
그래서인지 유민이를 만나러 가는 내내 불길한 기
류가
나와 내 첫눈과 싸우고 있었다
하지만 그건 내 생각이었을 뿐 유민이를 만나자
내 얼굴엔 함박꽃이 피어 있었다
같이 스파게티도 먹고 피자도 먹고 맘껏 수다를 떠
는데

웬일인지 난 내 일상에 대해서 수다를 떨고 있었다

옆에서 엄마는 수학 선생님과 내가 어제 수학 일로
울었다고 얘기했다 유민이 앞에서 창피할 노릇이
었다
크리스마스는 다가와도 올해는 코로나로 세상이
울고 있다
양평에도 코로나가 난리고 코로나가 한겨울에 맴
도는데

아무쪼록 나는 공부에 전념하고 싶은데
악마의 속삭임이 날 괴롭히고 물고 넘어진다
마음은 공부하는데 난 뭘 하는지 쯧쯧…
내 마음이 함박눈이 되어 녹은 듯 축축하다

5월의 수다

비 갠 아침, 누군가가 5월을 부른다
봄이 왔다고 봄이 왔다고
빗방울이 뚝뚝, 봄비가 시도 때도 없이 발걸음을
옮긴다

비 갠 날 홀로 산책로를 뚜벅뚜벅,
누군가의 그림자 밑에 앉곤 한다 마치 빗방울이 된
것처럼

사람들은 그리 말하지 않는가
5월의 푸르른 봄은 왔어도 참담한 코로나가 어슬
렁이고 있다는 것을

각자의 계단에 올라 각자의 속도대로 발걸음을
옮겨 본다
용문시장에 널린 것은 꽃봉오리가 되고
바나나며 빵이며 먹음직스런 꽃봉오리가 된다

이런 5월의 봄처럼 부지런 떠는 나처럼 감격스러운
지 눈물이 뚝뚝…
　　마치 빗방울이 된 것처럼

화장독

　나도 한때는 저랬었지 마냥 예쁘고 싶어 꼭두새벽에 일어나 화장을 하곤 했었지. 예뻐지고 싶어 학교에서나 집에서나 다이어트에 목숨 걸고 배고픔의 아픔을 견뎠었지. 지금 와서 간혹 한때의 추억으로 싱숭생숭한 걸까. 그때의 나처럼 중딩들이 화장을 줄곧 한다는 것을. 그럼 그럴수록 미모가 꾀죄죄하고 여드름만 드룩드룩 난다는 걸 왜 모를까. 예뻐진다는 건 겉모습을 꾸미는 것이 아닌 자신의 마음을 갖추는 것이 아닐까

연우의 생파

오늘은 연우의 생일이다
아니 내 생일이기도 하다
연우는 나는 물방울 같다
우리는 어릴 때부터 친구처럼 지내왔다

연우는 어릴 때부터 순진하고 귀염둥이였다
눈에 넣어도 아프지 않은 내 동생은 꼭 토끼 같다
유치원 때 무슨 발표회가 있었던 것 같다
그때 연우가 4살이었고 우리가 5살이었는데 연우가
나를 살뜰히 챙겨 주었던 게 기억에 남는다

조그마하더니 커버려 소녀라니 실감이 나지 않는다
우리의 학창 시절은 참 바람 같다
바람처럼 앞날이 날아가듯 날아와
내 속살을 숨 막히게 하지만
난 연우를 꼬옥 안아줄 것이다
아랫목처럼 따뜻하다

우린 보물 같은 사이다

새해맞이

올해가 가기 전에 거짓된 몸도 마음도 흘려 버리고
깨끗한 몸과 마음 씻으러 목욕탕에 간다

김이 모락모락 나는 물에 몸을 퐁당 담그고
온기와 수다 떨고 찹쌀떡 같은 엄마의 등을 쓱싹
쓱싹
밀어주다가 땀이 송글송글 맺힌다

단둘이 마주 앉아 때를 밀며 못다 한 이야기 쫑알
쫑알
따뜻한 물로 샤워하며 어린 아이 마냥 애교를 부
린다
어영부영하던 마음이 목욕했더니 전보다 깨끗해진
듯하다

2020년도 수고했고 고생 많았다
2021년을 잘 부탁하고 싶어 기도로 하루를 마무리

한다

　다들 복 많이 받고 씩씩하게 사는 모두가 되면 좋
겠다

괜찮아, 괜찮아

자꾸 실수하고 넘어졌다
왜 나는 자꾸 실수할까?
소풍 가서도 딸기를 떨어뜨려서
다 못 먹었다

내 실수 때문이라도 내 탓을 했다

그래서 주저앉아서 엉엉 울었다
왜 나는 자꾸 실수하고 넘어질까 말이다
농부 아저씨가 내가 우는 모습을 보시고
"너, 왜 울어?"라고 물어보셨다

왜 저는 실수하고 넘어질까요?
아저씨가, 애야 사람들은 다 실수해
너만 실수하고 넘어지는 게 아니란다
나를 다독여주셨다
그러시면서 딸기를 공짜로 주셨다

나는 참 감사했다

나는 운동화 끈을 묶고 운동화는 참 편하다며
씩 웃었다

공포의 추위

마음이 꽁꽁 얼었나
정글의 얼음이 우뚝 솟아있다

세상도 빙판같이 얼어 세월도 춥다 하는데
코로나를 한탄한 짐은 어린아이처럼 떼를 쓴다

온몸이 빙판이 되고 꽁꽁 언 가슴도 이젠 추위에
지쳐 있다
20년 만의 추위라던데 20년 만에 만난 공포라던데
다 서툴러 얼음조각이 된 듯하다

세상은 묻지 않나 인생은 묻지 않나
공포의 추위야 안녕하자고 우리도 따뜻한 마음 갖
고 싶다고

오늘이 가기 전에

허송세월 시간을 깨우며 오늘과 수다 떨고 싶다

오늘이 싫증나기 전에 내일을 살펴보고 미래를 꿈
꾸고 싶다

마음을 개조하는 시간이 얼마쯤 되었는지 매 순간
이 애매모호하다

내일이 오기 전에 마음 한편의 코로나의 괴상한
짐은
풀어야 할 텐데 가슴이 메어온다

호심탐탐 하는 삶이 또다시 묻는다

무슨 생각 하냐고 무엇 하고 사냐고

야금야금 씹어 먹은 4월

영문도 모르고 지나온 4월의 봄기운
어릴 적의 봄처럼 느껴질 때
야금야금 4월을 씹어 먹었던가

예전에 나도 그랬을까
어린 시절 자전거를 타고 늦봄을 즐겼던가

아장아장 걷던 꽃내음이 유모차에 실려 있던
어리석은 꽃내음을 따라 5월을 찾아 어슬렁여볼까

5월의 아침은 4월의 슬픔이 아니던가
벚꽃이 지기 전에 벚꽃놀이 삼아 뚝방 길을 걷고
걸어
봄의 추억 보물로 간직해 놓았던가

숲 동네에 예쁜 화분들이 고개를 숙여 인사를 한다

바람의 리모콘이 회분들을 반겨 놀던 그때처럼
꽃내음이 반짝일 때 아카시아꽃을 입김으로 후후
불어 볼까

해바라기

매일 우리 샘에겐
해바라기가 활짝 피어 있는 것 같다

우리에게 '그대'라고 부른다
우리를 존중해주시는 것 같다

해바라기는 언제 또 질까?
안 지고 계속 피어 있으면 좋을 텐데

오늘은 급식 시간에 활짝 웃어주셨다
파란 하늘 무지개가 떠도 웃으실 것 같다

우리 샘은 언제나 우릴 밝게 반겨 주신다
햇살이 비추면 해바라기는 더 웃는다

제 3 부

삶의 거스러미

모험

정글 속 모험의 끝을 달린 듯 벅차고 벅찬 시간의 시절을 욕망할 때 웃고 울던 그때가 그립다

더디고 더딘 나의 시절은 얼마쯤 될까 버겁고 버거운 나날은 기류 없어지는데 자신만만했던 예전의 그때로 돌아가고 싶다

고역 같은 시간은 내겐 왜 이리도 부족한지 한 주먹을 쥔 것 같은데 금세 밑바닥에 놓인 것 같다

지금 거울의 현실이 쓸쓸하게 와 닿는다

한없이 기죽어가는 현실이 못나게 나부끼고 울부짖던 그때처럼 다시 울부짖어 날갯짓하고 싶다

세상의 끝은 멀다 해도 정말 너무 멀어

달라진 것 하나 없는데 왜 이리도 나만 부지런해야 하나 싶다

4월이면 누군가가

누구를 불러보았다
나의 4월은 청춘들이 남겨두고 간 보금자리
짧고도 짧았던 청춘 시절 허무하게 보내고 가버린
그 미안하고도 미안한 마음이었던가

내 마음에 이슬비가 곳곳에 걸려 있던가
4월은 이제 버스를 타고 밤하늘의 은하수들이 소
곤소곤
수다 떨고 싶었을까

나의 4월은 봄 바다가 되었던지 교감하고 있는 것
은 아닐까
나의 청춘은 그리 짧지 않기를 바라
누구의 황사로 인해 4 · 16이 터져버린 걸까
왜 그 헛된 배를 탔어야 했던가

누구를 잊고 싶지 않았는데

반짝이는 별이 되어 사령이 되어 우리를 잊지 말아
달라고
　간곡히 이름을 불러 본다 누구를…

똑같은 인간인 것을

내가 장애인이라 특별대우 받는 것도 보살핌받는 것도 장애인을 무시하고 깔보는 것 아닌가

장애인은 인간 아니냐 장애인은 사람 아니냐 장애인을 불쌍히 여기고 헛된 꿈꾸냐

장애인의 날은 왜 있는지 그것도 이들을 차별하는 것과 마땅치 않으냐

똑같은 인간 대우받고 싶은데 아니 똑같은 인간으로 대해줘야 하는데 세상 사람들은 다 자기 욕심 채우고 싶어서 전전긍긍하는가

나한테 장애가 있다고 해서 모든 걸 나한테 맞춰주고 배려해주는 것도 나는 못 마땅하던가

비장애인도 장애인도 똑같은 인간이다 똑같은 권

리가 주어져야 하고

똑같은 인간으로 정당하게 똑같은 모습으로 이들
을 대해줘야 마땅치 않으냐

봄을 느끼며

푸른 하늘 햇살 아래 나른한 오후
졸음이 쏟아졌다

향긋하게 불어오는 꽃바람 향기가
나를 깨웠다

하얀 나비가 파릇파릇한 새싹에 앉아
도란도란 도시락을 까먹기 시작했다

너무 배가 부른 하얀 나비는
남은 것을 감추고 다시 하늘 높이 올라갔다

하늘하늘한 분홍색 벚꽃이
봄바람에 휘날리며 춤을 추고

노란 개나리 옆을 지나 도란도란 이야기를 나누
다가

하늘하늘한 벚꽃은 얼씬거리며 춤을 추었다
노란 개나리도 다 함께 춤을 추기 시작했다

나는 그것을 보며 웃음이 절로 나왔다
그래서 나도 같이 나가서 춤을 추었다

하얀 나비와 하늘하늘한 벚꽃과
노란 개나리가 나를 반겨 주었다

바다로 가는 길

늦은 아침이 달려온다
달팽이 같은 둥이도 게으름에 뒹굴뒹굴거리고
바다가자
바다가자
엄마의 목소리가 아침을 깨운다

게으름에 히죽히죽 웃는 둥이
굼뱅이 같은 엄마가 아침을 만드느라 바쁘고
달팽이 같은 둥이는 세수하느라 바쁘고

엄마가 차려주신 된장국은 맛이 없어서 잠 깨우고
굼뱅이 엄마도 심술을 부린다

우리는 화장하느라 바쁘고
이제야 바다로 고고!
그런데 이게 웬일일까 배가 고픈 거다

산골 마을에 코다리 맛집 얼씬거리며 배고픔에 쩔
쩔맨다
코다리찜이 달려오자마자 허겁지겁 먹는다

해 질 녘 되어서야
바다에 도착한 굼뱅이 가족!

시원한 바람에 나부껴 머리카락이 춤을 추고
구름 낀 하늘을 따라서 위로 위로만 올라간다

추억들이 엎어졌다

오늘 쓰레기통을 엎었다. 쓰레기를 조롱해봤자 음식물은 내게 독이었다. 손톱이 거추장스러워 손톱깎이를 찾다가 일을 일으켰다. 마침 검은 고양이가 우유를 먹고 있었다. 설마 내 우유는 아니겠지? 방으로 돌직구 했다. "이게 무슨 일이야!" 엄마의 거센 잔소리였다. 침대엔 누가 남기고 간 감자가 놓여있었다. 엄마는 나를 야단을 쳤다. 쓰레기를 엎은 곳에는 파리가 치킨을 맴돌고 있었다. 계란 조각이 뿌지직 깨졌다. 누군가 했더니 쥐가 쓰레기를 먹다가 나를 만나고 만 것이다. 나는 "이놈이 어서 썩 꺼져!" 쥐가 순식간에 도망가버렸다. 그간 조용했던 일요일은 시끌시끌했고 할머니는 그런 참에 내게 전화를 하셨다. 원래 어른들은 간섭을 많이 하나 싶다. 할머니는 항상 "아휴, 내 새끼, 새끼…"하며 나의 건강을 챙기셨다. 할머니 댁에 가기 전엔 추억이 쓰레기처럼 엎어진다.

삶의 거스러미

잠만 자는 고구마는 되기 싫은데
내 맘처럼 되지 않아 더 더욱 미안하다
나도 괜찮은 인간이기에
나도 부모께 더는 피바람 되어주기 싫다
오늘은 오늘의 거울을 비춰보며 미래를 추궁하고
필 때는 아프지만 휘날릴 때도 아프지만
성장하는 밤이 한바탕 난리다
궂은비가 기승을 부려
내 가족을 비바람에 몰락시켜도
굳건한 나무로 굳건히 버텨
아프지만 천천히 웃고 울며
그 맛이 그 맛인 거냐 한다

되새김질

내가 장애로 태어난 건 어쩔 수 없는 현실 아니냐
장애가 있다고 못 할 게 뭐 있겠는가
고개를 들고 담대하게 오늘만 갖고 놀지 못하겠
는가
투정 부려 본들 자신만 더 망가지는 것을 그 누가
알겠냐
내가 장애가 있는 건 그 누구의 잘못도 아니다
부모의 잘못도 신의 잘못도 아니다
지금 겪는 고통일 뿐이라고 너무 자책하지마라
나보다 힘든 장애를 가진 사람도 있는데 이 장애
별거 아니다
그냥 현실을 받아들이고 자신을 더 사랑해주면 그
것이 멋진 거 아니냐
쓸모없는 사람도 아니다 왜 그리도 자신을 깨뜨리
느냐
그렇게 부정적인 생각하고 있으면 더 망가진다는
것을 강조한다

찬바람이 흐느적거려

맨발로 발가락으로 기나긴 찬바람을 견딘다
보채고 보채는 사과 편지에 콧방귀 구덩이가 피었다
나한테 사과해 달라고 뼈 끝 사과받고 싶다고
우산에 옷깃에 숨어 과거의 거울이라도 숨겼음했다
햇살이 바나나처럼 노랗게 물들고
가을의 열매가 벽지를 타고 올라와 냄새를 풍긴다
꼭 가을 숲에 앉아 있는 듯 찬바람이 마음도 달래준다
쨍쨍한 햇빛 원피스를 입은 마당은 거추장스런 의자처럼
빨랫줄에 갈려 너풀너풀 춤춘다
나의 풋풋한 사랑은 동전이 되어 오후를 살핀다
가로등 불빛처럼 거실에 널려 노는 원피스 자락 시계처럼
똑딱 구두를 신고 풋풋한 사랑의 햇살이 내리쬔다

우산버스

친구랑 학교를 갔다
갑자기 소나기가 쏟아졌다
천둥 비바람까지 쳤다

어쩌나~ 우산이 없네

친구랑 버스정류장으로 뛰었다
버스가 서 있었다
시동을 켜놓고 아저씨는 어디를 갔을까
설마 우산 가지러?

아저씨가 우산을 쓰고 나왔다
"뭐니 뭐니 해도 1박 2일이 최고야."
우리랑 닮았다 하하하
우리는 아저씨랑 같이 막 웃었다
아저씨 우산은 커다란 버스라고 말했다

우리에게 우산을 빌려준 거라고 했다

비몽사몽

  비몽사몽간 꿈이 거미줄을 탄다
  거미줄은 아침이 되자 정류장에서 얼굴을 툭 떨어뜨린다
  내 일상은 구멍 난 양말처럼 쪼개져 있다
  슬리퍼 바람에 핸드폰을 본다
  빗방울이 신경전을 부리고 대굴대굴 구르는 한 치 앞도 모르는
  돌이 반항한다
  꽃이 되어 거울에 비친 둥근 빵처럼 둥그런 보름달 같은 얼굴이
  유모차의 몸을 늘어놓고 버스에서
  비몽사몽간의 꿈이 거미줄에 엮여 휘파람을 분다
  흔들리는 꽃처럼 피었다 지는 꽃처럼
  유모차 몸을 바람이 토닥여준다
  아기 벼슬이 된 나처럼
  살다 보면 다 겪는 한숨 호호 불어 한숨을 정돈하고
  희망의 봄날이 찾아오기를

가을의 배꼽

가을이 벌판을 손에 쥐고 저무는 태양을 걸머지고
저녁달을 바라본다
덜덜 떠는 나를 붙잡고 골목길에서 밤을 깨운다
나는 바람에 주름진 몸을 감춘 채 은행알이 된다
서로의 알맹이를 훔쳐 쥐고 제자리걸음으로 다가
온다
추위에 얼어붙는 우리는 낡은 태양의 배꼽이 되고
싶다
벌판에서 물장구를 치듯 발을 동동 구른다
가을밤 흐린 창의 어린 희망처럼

보석 같은 눈

내 안에는 믿음직한 한 눈이 있습니다

보면 볼수록 더 부러운 게 어머니라고
보면 볼수록 더 한결같은 게 어머니라고
나도 따라 어머니의 큰 강을 넘습니다

어쩜 우리를 그리 사랑하시는지
어쩜 우리를 위해 노력하시는지
정말 눈물겹습니다

우리를 아껴주시고 돌봐주신 덕에 이만큼 자라난
새싹이 되었습니다
내 안에는 어머니의 큰 눈동자가 나와 동일하게 적
용되는 것 같습니다

중얼대는 하루

나 온전할 수 없나
나 온유할 수 없나
요런 생각 저런 생각이 핍박처럼 질문을 한다
안전을 꿈꾸며 사는 나로 하여금 헛되이 살지 않
고 싶은데
못난 생각이 자꾸 씨름을 한다
때때로 나는 평생 이래 왔나
때때로 너는 평생 주저해왔나 이런 생각에 잠긴다
이러고 싶지 않은데
저러고 싶지 않은데 누구의 속삭임일까 나를 자꾸
부른다
나 온전할 수 없나
너 온유할 수 없나
찡찡되는 어린아이처럼 자꾸 나에게 중얼거린다

오늘은 무슨 날일까?

드르렁드르렁 깊은 잠에 빠진 아빠가
벌떡 일어나 쌀쌀한 바람 속으로 사라지셨다

무슨 급하고 안 좋은 일이 생긴 걸까
엄마랑 동생이랑 함께 거실에서 걱정을 하였다

그때, 덜컹 거실문이 열리고
아빠가 가쁘게 숨 고르면서 케이크 상자를 내놓았다

생크림 케이크에 촛불 꽃을 만들고
사랑하는 엄마 앞에 놓고 불을 끄면서 외쳤다
생일 축하 해! 생신을 축하해요!

오늘이 엄마의 생신이어서 허둥지둥, 숨넘어가게
골목길을 돌고 돌아서 큼직한 케이크를 사 오신 거
였다
우린 엄마를 꼭 안아주었다

아기새 이야기

환한 미소를 지으며 들뜬 마음으로
귀여운 아기새들은 배를 타고
나들이를 가려고 돛단배를 탔어요

이제 출발하려고 아기새들은 들뜬
마음을 가라앉히며 촐랑이는 아기새들의
소풍이 시작되었어요

그런데 몇 초 안 돼서 돛단배는 기울기 시작했어요
아기새들은 날개를 퍼덕이며 빠져나오려고 애를
썼어요
방송에서는 가만히 있으라만 반복되었어요

또 가만히 있으라가 이어졌어요
그 후 돛단배를 이끄는 선장 어른새는 자기만 잘
났다고
구출해야 할 아기새들은 구하지도 않고

하늘을 퍼덕이며 날아올랐어요

나머지 아기새들은 기꺼이 그 방송을 믿고
우리를 구출시켜줄 거라고 믿었어요
하지만 기다려도 구출하러 오는 어른새는 없었어요

선생님 새들은 제자 아기새들을 구하려고
자기 목숨보다 더 아꼈어요

유람선

파아란 하늘에 하얀 구름이 푸른 위를 둥실둥실
떠가고
　우린 커다란 유람선을 타고 출렁 출렁이는 물결 바
라보지

　하얀 물거품은 배 아래에서 보글보글 피어오르고
　시원한 바람은 내 영혼을 간질이지

　눈부신 빛이 구름들 사이로 비추어 내 마음 환해
지고
　높다란 바위산이 내 앞에서 나를 꼬옥 붙들어주지

　바위산 지날 때 힘찬 바람이 불어와
　내 동생 수현이 긴 머리카락이 사자가 되지

　사자 갈기가 된 수현이 머리를 보면서
　우리 식구 모두는 깔깔깔 웃었지

제 **4** 부

별이 되고 싶다

동등한 인간이 되어

내가 당신에게 당신이 나에게 가장 큰 깨달음을 줍니다

때론 힘이 벅차 울부짖을 때 같이 울어주고 같이 아파해주는 그런 거울이 되고 싶습니다

참담한 앞길 막는 장애물이 아닌 다른 이들만큼 똑 부러진 힘과 용기를 주고받는 공평한 세상입니다

너만을 바라봐주고 나만을 사랑해주는 것이 아닌 모두 다 아껴주는 사람들을 존경합니다

오뚝이 같은 몸을 이끌고 사는 국민이 된 듯 너와 난 동등한 인간입니다

각자의 길이 다를 뿐 각자의 위치에서 함께 소통하며 한 발짝 한 발짝 나아가는 둥지로 살고 싶습니다

찡한 사랑

황홀하고도 슬픈 낯선 그림자였을까. 얼얼한 낌새가 채찍질해대고 그림자의 나무 품에 얼룩덜룩한 본성을 감출 수 없어 벽 사이로 그림자만 깐죽거려 빠알간 입맞춤이었던지 장미꽃 강렬한 여운의 꽃잎 자락 같은 나는 사랑에 머물러 있다. 그림자를 눈여겨보다가 주머니가 얼음처럼 꽁꽁 언 석고상처럼 네가 공부의 꼬리를 잡았을까. 해바라기 벌꽃들이 이따금 초롱초롱하다. 흔한 사랑이 엿보일까 두려워 얼음과자가 앵무새가 된 듯 차가운 낌새의 얼얼한 그림 조각들이 피식피식 소소한 웃음 꽃잎 사이로 맹목적인 사랑이었을까. 환한 달님의 그림자가 풋사랑을 비는 노래 같아서 마음 한편이 찡하다

우리가 가을이 되어

단풍이 붉어지는 용문산에서
은행이 쫄래쫄래 걷도록 바람이 불러다 주었을까
우리는 하나둘 낙엽으로 떨어지고 있었죠
음악회에 온 듯 나뭇잎들이 나비가 되어
용문산 잔디에 뒹굴며 노랗게 물들죠
은행잎들과 낙엽들 거리로 나온 개들 마냥
꿈꾸는 작은 음악회는 4회로 자리 잡았죠
엄마 혼자 이끌고 지탱해 온 수호천사들
꽃잎들이 어렴풋이 난타 연주를 선보였죠
꽹과리 같은 목소리로 노래하는 소녀들
참 아름다운 듯 날갯짓을 하고
많은 군민이 우리 음악회서 동참해 관람해 주었죠
하품하면서도 은행과 낙엽과 단풍들이 박수를 쳤죠
정말 뜻깊은 가을이었죠

별이 되고 싶다

학교만 가면 배가 아프다
친구를 봐도 공부를 해도 달라진 건 없다
왠지 모르게 학교가 무섭다
학교만 가면 경직이 오고 불안한 건 왜일까
초조하고도 외로운 내 시절은 언제 끝이 날지
학교 안 가는 내 지인이 부럽다
악몽에 시달리기도 하고 친구에게 뜯기다 오는 것 같다
정말 난 왜 세상에 존재했나 싶다
아무도 날 원하지 않는 거 같아서 울고 싶다
내 자존심도 끝인 걸까
요번 주가 올해 마지막이다
내년이 징그럽다 나도 전학 가고 싶다
우리 학교는 희망이 없다고 생각한다
괜히 학교를 가서 감정소비 하는 것 같기도 하다
별이 된 당신들이 부럽다
나도 별이 되고 싶다 세상에 없는 자유를 갖고 싶다

책, 너는 죽었다

책이 사방을 떠돈다
책이 내 손에 잡혀서
화들짝 화들짝

글자야 도망가자 그림도 도망가자
날아가는 저 시들을 잡아라

글자들을 잡으러 가는데
어째! 어째! 저 시들 좀 봐라
보현이 머릿속으로 쏘오옥 들어가네

책들은 다 죽고
내 노트에 시가 쏟아진다

삶의 소용돌이 속에서

내 모든 삶 한복판에서
따가운 시련의 공포를 껴안은 듯
괴로움에 닥쳐 있을 때
고통의 앞날이 날 유혹한다

내 모든 길 한편에서 괴성 높이 싸우듯
말싸움이 얽혀있을 때
절박한 소용돌이 속에 갈피를 못 잡고 만다

내 인생에서
갈피 못 잡고 전쟁인 지금
외로이 혼잣말을 웅성거린다

내 인생에서
추적추적한 외로운 골목이 걸어가듯
주위가 웅성 인다

내 모든 삶 한복판에서
어둠 그윽한 순간일 때
삭막하고 처절한 쓸쓸함이 또 날 때려댄다

헌시

책의 향기가 나는
훌륭한 시집을 읽어
좋은 시를 쓰겠습니다

하하하 잘도 웃는
이쁘고 늘씬한 그녀를
몇 번이고 꿈꾸며
매일 매일 쓰는 한 편의 시 같은 나의 하루

밤을 새하얗게 지새워 몸이 지쳐도
수많은 사람이 사랑하는 한 편의 시처럼
감동 있는 한 편의 시를 꿈꾸고 싶습니다

나는 그녀의 감동 있는 시인
지옥 불처럼 뜨거운 시어로
그녀가 사랑하는 예쁘고 진실한 시를 쓰겠습니다

가슴을 따뜻하게 해주는 한편의 명시 같은
아름다운 그녀를 위하여
매일 한 편의 시를 써서 바치겠습니다

무의도에 왔더니

날이 흐린 날에는
모든 세상이 고독해져
삭막한 마음이 달려온다

비옷 입고 무의도에 왔더니
굵은 빗방울이 비옷 속을 투닥일 때
비가 나를 유혹하는지
빗소리 따라 가보니
아름다운 풍경이 나를 신나게 한다

울퉁불퉁한 해변가를 걷다 보면
비도 나를 쪼르르 쫓아오고
갈매기 소리 따라가 보니 파란 도화지 같은
넓은 바다가 나를 반겨준다

넓고 파란 도화지에 깔린
기다란 다리에 걸어가

한없이 들뜬 아이처럼 사진에 몰입한다

날이 우울한 날에는
비옷 입고 춤추듯 비옷이 바람에 휘날려
"파다닥 파다닥"

마치 내가 갈매기가 된 것 같다

치유의 숲에서

넓게 펴진 데크 길을 따라
영차영차 천천히 가다 보면
좁디좁은 길이 나를 유혹한다

넓디넓은 치유의 숲에
조용히 고독을 즐기다가
시원한 바람이 앉았다 가라고 손짓한다

좀 더 가다 보면
수많은 별이 수두룩 모여 속닥이고
넓은 치유의 숲으로 천천히 질주한다

교감 샘과 나와 단둘이
자상한 미소가 가득 할 때
내게도 좀 나눠 간직한다

상담 샘과 나와

도란도란 이야기 나누고
내 그늘이 된 듯 살며시 어깨를 기대 빙긋 웃는다

우리 모두 모여
예쁘게 사진 찍고
오늘도 나름 행복한 시간이었다

수박도 공부하고 싶나

영어 과외 시간에
커다란 수박이 나를 빙긋 웃게 하고
책상 위에 영어로 뒤엉킨
시험 시간이 나를 유혹한다

영어 과외 시간에 시원한 수박이
공부하는 나를 괴롭히고
수박은 나와 놀고 싶은가 보다

아직 나는 수박에 뒤틀려 영어 공부하고
영어는 수박에 뒤틀려 수박씨 춤춘다

아직 너는
공부에 신바람 든 듯
모범생이 되고 싶어
밤낮을 춤춰가며 수박과 열공한다

여기까지 왔는데
여기까지 왔는데
숨마저 울분을 토한다

상처받은 나

나와 수현이 싸울 때
아빠 말씀은
맨날 싸운다고 잔소리하고
그 잔소리 내 가슴을 억누르고

축복이와 은총이 으르렁댈 때
수현이도 덩달아 으르렁댄다
은총이와 축복이를 사랑하는 마음에
못을 박으려 한다

엄마와 내가 다툴 때
뭐라고요?안 들려요 소리치면
엄마는 가슴에 주먹으로 쿵쿵쿵
엄마 가슴에 못을 박는다

그러나 아무도 모를 거야
내 가슴에 못보다 큰 상처가
박히는 것을…

반딧불 친구

노을이 어두워지는 한적한 숲길
어디선가 날아온 빛 조각들

혼자 걷는 나를 따라서
친구라도 된 듯이 펄쩍펄쩍 같이 걷는다

왜 계속 쫓아오는지 몰라서 당황해서
나는 걸음을 멈추고 풀숲을 쳐다본다

빛인 줄 알았는데 반딧불이었다 깜박깜박
놀란 나를 쳐다보며 인사를 한다

내가 다시 걷자 앞장서서 길 안내를 해준다
반딧불이는 나의 둘도 없는 친구가 되었다

소리 없는 그림자들

격양한 얼굴로 주절주절
불쾌한 감정을 낱낱이 훔쳐
이리저리 꼬여 얼킨 불안의 그림자들
우울에 사로잡혀 허공에 떠도는 족쇄의 그림자처럼
누군가 눈치챌까 두리번 두리번
거무잡잡한 낌새가 휩싸이고 온데간데없는 오늘의
한숨
끝없는 매일의 고독함이 휫죽휫죽
긴장이 겹겹이 황홀해져
무심한 앞날이 소리 없이 울부짖는다

씨름

지각할까 봐 화는 나지요
축복이는 옷자락을 잡고 늘어지지요
은총이는 축복이를 물고 낑낑대지요
늦잠을 잤지요
엄마는 학교 늦었다고 잔소리를 하지요
그런 엄마를 붙잡고
아빠가 씨름하듯 뭐라고 화를 내지요
이게 씨름하는 것 같다고 나는 생각하지요

세상 모르는 꼬마들처럼

농담에 배꼽을 단다
세상이 거리낌 없이 대화하고 가을의 껍질을 벗겨
낸다
낙엽이 올망졸망 가을을 탄다
흐지부지 뒤숭숭한 옷차림으로 아파트에 선다
홍당무가 된 듯 빨갛게 익어 단풍이 된다
장대비가 사정없이 때리고 빨랫줄에 널려 곤히 자
는 수건들
수건놀이 하며 동그랗게 빙 도는 철부지 꼬마들
장난삼아 던진 말을 귀뚜라미가 귀담아듣는다
우리끼리 속닥대던 수다들
동네방네 철없이 돌아다녔던 옛 추억들이 툴툴거
린다
간식 삼아 던진 고구마에
화들짝 놀란 엄마가 고구마 방귀를 뀐다
엄마의 방귀에 놀아난 잔소리들
우리는 깔깔 웃어댄다

시와소금 시인선 138

숨 멎어 전쟁이다

ⓒ김보현, 2022. printed in Seoul, Korea

초판 1쇄 인쇄 2022년 05월 04일
초판 1쇄 발행 2022년 05월 10일

지은이 김보현
펴낸이 임세한
디자인 유재미 정지은
펴낸곳 시와소금
등록번호 제424호
등록일자 2014년 01월 28일
발행 강원도 춘천시 충혼길20번길 4, 1층 (우·24436)
편집 서울특별시 중구 퇴계로50길 43-7 (우·04618)
전화 (033)251·1195, 010-5211-1195
이메일 sisogum@hanmail.net
다음카페 hppt://cafe.daum.net/poemundertree

ISBN 979-11-6325-041-8   03810
값 10,000원